AF377391

RENSEIGNEMENS

STATISTIQUES

SUR

PARIS ET LES DÉPARTEMENS.

RENSEIGNEMENS

STATISTIQUES

SUR

PARIS ET LES DÉPARTEMENS,

Recueillis et mis en ordre

PAR A. G. BALLIN.

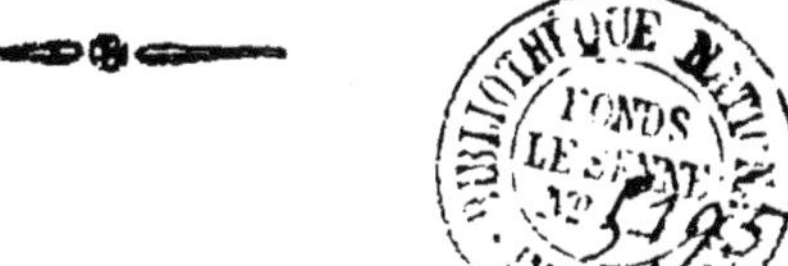

ROUEN,

DE L'IMPRIMERIE DE P. PERIAUX PÈRE, IMPRIMEUR DU ROI,
Rue de la Vicomté, Nº 55.

1823.

AVERTISSEMENT.

Oɴ peut compter sur l'exactitude des renseignemens que présente cette feuille et les deux tableaux
y annexés , puisque la plupart sont extraits des
Recherches statistiques publiées en 1821 par M. le
Préfet de la Seine , de l'*Almanach royal*, de
l'*Annuaire du Bureau des longitudes* et du *Bul-
letin des lois.*

RENSEIGNEMENS STATISTIQUES

LA VILLE DE PARIS.

Ces renseignemens se composent de détails sur la *population*, les *décès*, les *principaux objets de consommation*, les *établissemens de bienfaisance*, et les *superficies successives de la ville de Paris*.

POPULATION.

État de la population de la ville de Paris, intra muros, au 1er Mars 1817.

NOMBRE de	PROPORTION avec la Population des	NOMBRE d'Habitans par
Habitans.. 713966	Ménages par maison. 8,39	Hectare..... 207
Ménages.. 224922	Individus par id. 24,52	Lieue carrée. 410325
Maisons.. 26801	Id. par ménage. 2,92	

La Ville est divisée en 48 quartiers, savoir :

12 sur la rive gauche de la Seine, contenant 212978 habit.

36 sur la rive droite de la Seine, contenant 500988 habit.

Dans ces nombres se trouvent 133 nonagénaires et 2 centenaires; ainsi, sur 5300 individus un seul a atteint l'age de 90 ans.

Voyez ci-après le tableau de la population, distribuée par sexe, âge et état civil.

A 3

Etat civil ou mouvement de la population pour 1818.

Naissances.		Décès.		Tableau des Mariages entre				Enfans naturels compris dans l'état ci-à-côté.		Enfans morts-nés.	
				Garçons et		Veufs et					
Mâles.	Femelles.	Mâles.	Femelles.	Fil.	Veu.	Fil.	Veu.	M.	F.	M.	F.
11752	11315	10770	11651	5476	312	625	203	4135	3954	806	600
				5788		828					
23067		22421		6616				8089		1406	

En 1820, les naissances ont été de 24858, les décès de 22464 et les mariages de 5877.

Détails sur les Décès.

Tableau des Décès de 1818.

A DOMICILE.		DANS LES HÔPITAUX.			DANS les Prisons.		CORPS DÉPOSÉ à la morgue.	
		Civils.						
Mâles.	Femel.	Mâles.	Femel.	Milit.res	Mâles.	Femel.	Mâles.	Femel.
6234	7169	3738	4372	564	43	55	191	55
		8110						
13403		8674			98		246	

22421

TABLEAU DE LA POPULATION DE PARIS, DISTRIBUÉE PAR SEXE, AGE ET ÉTAT CIVIL.

SEXES.	ÉTAT Civil.	0 à 15 ans accomplis.	15 à 20.	20 à 30.	30 à 40.	40 à 50.	50 à 60.	60 à 70.	Au dessus de 70.	TOTAUX de tout âge.
Masculin	Garçons.	66457	32229	36027	13506	6298	4375	2788	1163	162843
	Mariés.	»	380	17293	33456	30094	26791	16254	4321	128589
	Veufs.	»	12	281	1041	2180	3686	4001	2614	13815
Total des hommes.		66457	32621	53601	48003	38572	34852	23043	8098	305247
Féminin	Filles.	69761	32884	40057	15419	7426	4781	3228	1654	175210
	Mariées.	65	2796	31048	36988	30242	18321	8413	1723	129596
	Veuves.	»	44	1587	5743	9754	11476	11446	7069	47119
Total des femmes.		69826	35724	72692	58150	47422	34578	23087	10446	351925
Total des deux sexes.		136283	68345	126293	106153	85994	69430	46130	18544	657172

On doit observer qu'on n'a pas compris dans cette population celle des Hospices, qui est de.............. 56794

TOTAL égal à celui qui est porté ci-dessus....................... 713966

Le même Tableau proportionnel pour mille individus.

SEXES.	ÉTAT Civil.	0 à 15 ans accomplis.	15 à 20.	20 à 30.	30 à 40.	40 à 50.	50 à 60.	60 à 70.	Au-dessus de 70.	TOTAUX de tout âge.
Masculin	Garçons.	101	49	55	20	10	7	4	2	248
	Mariés.	»	»	27	51	46	41	25	6	196
	Veufs.	»	»	»	2	3	6	6	4	21
Total des hommes.		101	49	82	73	59	54	35	12	465
Féminin	Filles.	106	50	61	23	11	7	5	3	266
	Mariées.	»	4	47	56	46	28	13	3	197
	Veuves.	»	»	2	9	15	18	17	11	72
Total des femmes.		106	54	110	88	72	53	35	17	535
Total des deux sexes.		207	103	192	161	131	107	70	29	1000

Les enfans au-dessous de 15 ans sont dans la proportion suivante : de 0 à 5—69 ; de 5 à 10—66 ; de 10 à 15—72.

Pages 6 et 7.

TABLEAU DES DÉCÈS OCCASIONNÉS PAR LES MALADIES PULMONAIRES.

Résultat des observations faites pendant les années 1816, 1817, 1818 et 1819.

MALADIES.	Nombre de Décès.		SAISONS.				PROPORTION avec la totalité des décès de Paris. 1 sur	
	M.	F.	Print.	Eté.	Aut.	Hiver.	M.	F.
Asthmes......	106	107	55	30	46	82	99	102
	213		213				101	
Catharres......	684	769	419	223	346	465	15	14
	1453		1453				14,5	
Fluxions de poitrine....	348	330	220	98	139	221	30	33
	678		678				31,5	
Phtisie........	991	1395	660	555	573	598	10,5	8
	2386		2386				9	
Récapitulation des 4 maladies.	2129	2601	1354	906	1104	1366	5	4
	4730		4730				4,5	

TOTAUX par Sexe.

Age.	M.	F.
0 à 10	174	163
10 à 20	213	287
20 à 30	311	489
30 à 40	280	396
40 à 50	273	333
50 à 60	307	273
60 à 70	339	342
au-dessus de 70.	232	318
de tout âge.	2129	2601
	4730	

Décès causés par la petite vérole en 1818.

Dans la 1re année d'âge — 102 ; de 1 an à 2 — 125 ; 2 à 3 — 133 ; 3 à 4 — 117 ; 4 à 5 — 108 ; 5 à 6 — 76 ; 6 à 7 — 58 ; 7 à 8 — 34 ; 8 à 9 — 31 ; 9 à 10 — 13 ; 10 à 15 — 74 ; 15 à 20 — 53 ; 20 à 40 — 60 ; au-dessus de 40 — 9 ; Total 993, dont 507 m. et 486 f. = En 1820, ces décès n'ont été que de 105, dont 59 m. et 46 f.

Le nombre d'enfans vaccinés gratuitement a été dans la même année de 2096, dont 1003 m. et 1093 f. Quoique ce renseignement ne se rapporte point aux décès, on a cru devoir le rapprocher du précédent.

Morts violentes.

ANNÉES	1817	1818
Morts accidentelles	300	284
Suicides { h. 235 / f. 116 } 351	{ 187 / 134 } 321	
Totaux...	651	605

La proportion des suicides au total des décès est d'environ 1 sur 65. — Parmi les individus qui se donnent la mort, il y en a à-peu-près autant de célibataires que de mariés.

MOTIFS PRÉSUMÉS DES SUICIDES EN	1817	1818
Passions amoureuses	22	19
Dégoût de la vie, aliénation d'esprit, chagrins domestiques	128	151
Mauvaise conduite, jeu, etc.	45	46
Indigence, pertes d'emploi, dérangement d'affaires	89	56
Crainte de reproches et punitions	15	8
Motifs inconnus	52	41
Totaux	351	321

PRINCIPAUX OBJETS DE CONSOMMATION DE LA VILLE DE PARIS.

Taux moyen calculé sur plusieurs années.

			OBSERVATIONS.
BOISSONS.	Vins............	718,000 hect. (1)	(1) Sur lesquels environ 450,000 bouteilles.
	Eau-de-vie......	49,000 (2)	(2) Sur lesquels environ 100,000 bouteilles.
	Cidre et poiré....	25,000	
	Bière..........	77,000	
	Vinaigre........	14,000	
COMESTIBLES.	Bœufs.........	72,000 têtes.	(3) Pigeons.... 931,000
	Vaches........	8,500	Canards.... 174,000
	Veaux.........	76,000	Poulets.....1,289,000
	Moutons........	340,000	Chapons ou poulardes. 251,000
	Porcs et sangliers..	70,000	Dindons.... 549,000
	Viande à la main..	598,000 kil.	Oies....... 328,000
	Abats et issues....	115,000	Perdrix.... 131,000
	Fromages secs....	1,017,000	Lapins..... 177,000
	Montant de la vente en francs.		Lièvres.... 29,000
	Marée..........	3,418,000 f.	(4) Produit de la vente de 3,117,000 kil. de beurre et de 74,930,000 œufs.
	Huîtres.........	600,000	
	Poiss. d'eau douce.	333,000	
	Volaille et gibier..	6,731,000 (3)	
	Beurre et œufs....	10,349,000 (4)	
	Huile d'olive.....	6,000 hect.	
	Autres.........	44,000	
TABACS.		708,000 kil.	
COMBUSTIB.	Bois..........	966,000 st.	
	Charbon de { bois	1,608,000 hect.	
	Charbon de { terre	500,000	
FOURRAGES.	Foin et luzerne...	8,203,000 b. de 5 k.	
	Paille..........	10,434,000	
	Avoine.........	871,000 hect.	

(Colonne de droite, à la suite des Observations :)

NOMBRE DES *(Pigeons, Canards, Poulets, Chapons ou poulardes, Dindons, Oies, Perdrix, Lapins, Lièvres — voir ci-dessus)*

La consommation du *pain* et des *pommes de terre* n'a pu être calculée aussi exactement que les autres denrées : en voici la quantité approximative.

Pain.

Par jour... 312,000 kil.

Par an....113,880,000

Pommes de terre.

Par an.... 324,000 hect.

A 5

OBJETS DIVERS.

Établissemens de Bienfaisance.

En 1817, la population des hôpitaux et hospices de Paris, y compris Bicêtre et la maison de retraite de Mont-Rouge, était de 6,754 m. et 9,156 f. : total 15,910.

Le rapport de la population indigente de ces établissemens avec celle de Paris est d'environ 1 sur 44. Plus de la moitié de cette population se compose d'ouvriers de toute espèce, de journaliers, porte-faix et gens à gages ou de louage. Parmi les hommes, la majeure partie sont cordonniers, tailleurs ou menuisiers ; parmi les femmes, ce sont des couturières, des blanchisseuses et des fileuses.

La dépense des hôpitaux et hospices a été de   6,761,339^f

Les secours distribués à domicile montaient à   1,984,609

La dépense des enfans-trouvés a été de.....   1,280,579

Autres établissemens et dépenses diverses de charité   510,467

Total............ 10,536,994

Le nombre des lits, dans les hôpitaux et hospices, est de 15,638. Le prix moyen de la journée a été de 1^f 29^c. Le nombre de journées de 5,220,257. En 1818, le prix de la journée ne s'est élevé qu'à 1^f 19^c.

Le nombre d'indigens secourus par tous les établissemens a été de 169,940 ; c'est plus du cinquième de la population de Paris.

Aperçu des principaux objets de consommation des hôpitaux et hospices en 1818. — Vin : 1,155,491 litres. — Pain : 3,391,101 kil. — Viande : 1,168,029 kil. — Sel : 72,850 kil. — Pommes de terre : 195,106 hect. — Bois : 10,972 stères.

Clôtures.	SUPERFICIES SUCCESSIVES DE LA VILLE DE PARIS.		NOMBRE des	
	ÉPOQUES.	Mesure en hectares.		
1re	Sous Jules-César, 56 ans avant notre ère.............	15, 23	Barrières........	58
2e	Sous Julien, en 358 et 375...	38, 79	Boulevarts.......	22
3e	Sous Philippe-Auguste, en 1190 et 1211................	252, 87	Halles et marchés.	47
			Impasses........	119
4e	Sous Charles V et Charles VI, en 1367 et 1383..........	439, 18	Passages	128
			Places	74
5e	Sous François Ier et Henri II, en 1553 et 1581	483, 61	Ponts...........	16
			Ports...........	9
6e	Sous Henri IV, en 1634.....	567, 82	Quais...........	33
7e	Sous Louis XIV, en 1671 et 1686	1103, 91	Ruelles..........	27
			Carrefours.......	32
8e	Sous Louis XIV et Louis XV, en 1715 et 1717.........	1337, 08	Rues...........	1094
9e	Sous Louis XVI, en 1735 et 1788	3370, 36		
"	Époque actuelle	3439, 68		

Dont plus de moitié en bâtimens publics et maisons ; 1/5e en rues, places, quais et promenades, et le reste en jardins, marais, etc.

L'enceinte de Paris a plus de 5 lieues.

Nombre de pavés employés à la réparation annuelle.... 1,088,000

Éclairage.

Nombre de { lanternes 4553 ; becs .... 10672 }

Consommation d'huile.

276,000 kilogrammes.

TABLEAU STATISTIQUE DES DÉPARTEMENS,

Par ordre alphabétique.

Avertissement pour l'intelligence de ce Tableau.

La 1ᵉʳᵉ et la dernière colonne renferment le *nº d'ordre* de chacun des départemens rangés dans l'ordre alphabétique, les autres colonnes présentent les renseignemens suivans :

2ᵉ colonne. *Noms des départemens*, par ordre alphabétique.

3ᵉ. *Région.* Il m'a paru intéressant de faire connaître la *situation géographique* de chaque département relativement au royaume entier ; j'ai donc supposé la France divisée en *neuf régions* que je vais déterminer. Le dépᵗ du *Cher* occupe, à très-peu de chose près, le *milieu* de la France, c'est pourquoi j'en ai formé la *région du centre* avec les 8 dépˢ qui l'environnent ; ils sont indiqués par un C. La *région du Nord* comprend 9 dépˢ ; celle du *Nord-Est*, 9 ; celle du *Nord-Ouest*, 11 ; celle du *Sud*, 10 ; celle du *Sud-Est*, 10 ; celle du *Sud-Ouest*, 9 ; celle de l'*Est*, 10 ; enfin celle de l'*Ouest*, 9.

4ᵉ. *Position.* L'indication précédente m'a conduit naturellement à celle de la *position* des départemens dans l'intérieur ou aux extrémités du territoire ; les premiers, au nombre de 48, ont été désignés par l'abréviation du mot *Méditerranée ;* les autres par le mot *Maritime*, on en compte 20, ou par l'abréviation du mot *Frontière*, il y en a 14 ; et enfin par *Fr. et M.*, s'ils sont à-la-fois *frontières* et *maritimes*, il y en a 4.

5ᵉ. *Anciennes provinces* dont chaque dépᵗ est formé.

6ᵉ. *Nombre d'arrondissemens communaux* dont se compose chaque département.

7ᵉ. *Nombre d'arrondissemens électoraux.*

8ᵉ. *Série* à laquelle appartient chaque département.

9ᵉ. *Nombre de Députés à élire.* On sait que le nombre des

députés à élire par les colléges électoraux d'arrondissement est en général le même que celui de ces colléges, ainsi l'on connaîtra *le nombre des députés à élire par les colléges des plus imposés* ou *de département*, en retranchant le nombre des arrondissemens électoraux de celui des députés.

On doit observer toutefois qu'il résulte du tableau n° 3, annexé à l'ordonnance de *convocation* du 11 octobre 1820, que l'exception prévue au §. 2 de l'art. 1er de la loi du 29 juin même année, est applicable aux six départs suivans : *Alpes (Basses)*, *Alpes (Hautes)*, *Lozère*, *Pyrénées (Hautes)*, *Pyrénées-Orientales* et *Vosges*, qui n'ont chacun qu'un seul collége électoral. Avant cette loi, les Hautes-Pyrénées avaient 2 députés à nommer et les Vosges 3, les autres chacun 1 ; ils en nomment chacun 1 de plus aujourd'hui. La *Corse* est aussi comprise dans l'exception, et n'a qu'un seul collége électoral, mais la loi ne lui a point attribué de nouveau député ; elle en nomme 2, comme précédemment. Ces explications font connaître pourquoi le nombre des arrondissemens électoraux n'est que de 254, au lieu de 258, qui est celui des députés.

10e. *Nombre de cantons* } de chaque département.
11e. —— *de communes* }

Les quantités portées dans ces deux colonnes ne sont peut-être pas toutes parfaitement exactes ; je n'ai pu en vérifier qu'une partie d'après les *nomenclatures* faites récemment dans divers départemens.

12e. *Superficie* de chaque département en *hectares*, d'après l'almanach royal.

13e. La même *superficie* en *arpens* anciennement dits *légaux*, qu'on appelait aussi *arpens d'ordonnance* ou *arpens des eaux et forêts* ; ils sont composés de 100 perches carrées de 22 pieds, et valent un peu plus d'un demi-hectare. Cette superficie a été calculée d'après la précédente, pour tous les déps. L'almanach royal ne la donne que pour quelques-uns, encore est-elle partout inexacte, excepté pour le seul dépt de l'Indre. La superficie du dépt de la Seine, d'après le nombre d'hectares, est, en

(14)

arpens de Paris (1) , de 135,077 ; l'almanach royal ne la porte qu'à 135,033.

14ᵉ. *Noms des chefs-lieux de départemens.* Les maires de tous les chefs-lieux de département sont nommés par le Roi, excepté ceux des villes de *Digne*, *Foix*, *Guéret*, *Mézières* et *Privas*, dont les noms ont été imprimés en caractères italiques. La raison en est que ces villes n'ont pas 5000 habitans, et que le Roi ne nomme que les Maires de celles qui comptent au moins cette population ; il n'y a encore eu que trois exceptions à cette règle en faveur de *Montbrison*, *Mont-de-Marsan* et *Bourbon-Vendée*.

Les Maires des BONNES VILLES assistent au couronnement du Roi ; celles qui jouissent de ce privilége sont indiquées par de petites capitales. Toutes ces bonnes villes, au nombre de trente-deux, non compris *Paris*, ont plus de 15,000 habitans, à l'exception de *Vesoul* et de *Pau*. Parmi les chefs-lieux de dépᵗ qui ont plus de 15,000 habitans, les seuls qui ne soient pas bonnes villes sont *Arras*, *Laval*, *Limoges*, *Le Mans*, *Niort* et *Poitiers*. Il y a sept bonnes villes qui ne sont pas chefs-lieux de département, ce sont *Abbeville*, *Aix*, *Antibes*, *Cambray*, *Cette*, *Reims* et *Toulon ;* deux seulement, *Antibes* et *Cette*, ont moins de 15,000 habitans.

Je n'ai pas indiqué les chefs-lieux des *Académies universitaires* parce que ce sont les mêmes que ceux des Cours royales, mais j'ai fait connaître les 13 villes où il existe un *hôtel des monnaies*, par la *lettre* de cette monnaie, mise en parenthèses.

15ᵉ et 16ᵉ. *Distance légale* du chef-lieu de chaque départetement à Paris, d'après la table annexée au Code civil.

17ᵉ et 18ᵉ. *Population* du département et du chef-lieu. Cette population est celle du recensement arrêté au 1ᵉʳ janvier 1822, et rendu authentique pour cinq ans, par ordonnance royale du 16 du même mois. Il est à remarquer que la *population*

---

(1) La perche de cet arpent n'a que 18 pieds.

des chefs-lieux m'a été indiquée au ministère de l'intérieur, et que mon tableau seul la donne exactement ; l'Almanach royal et l'Annuaire du bureau des longitudes ont continué de porter la population des années précédentes.

19ᵉ. *Contingent de l'armée* pour chaque département, fixé proportionnellement à la population, par ordonnance du 23 janvier dernier.

20ᵉ. *Archevêchés* ou *évêchés* auxquels ressortit chaque département, avec la circonscription de chaque diocèse. Il y avait, avant le 31 octobre 1822, 56 diocèses, dont 12 archevêchés et 44 évêchés ; mais, suivant le tableau annexé à l'ordonnance du Roi, dudit jour 31 octobre, le nombre des diocèses est de 80, dont 14 métropoles* et 66 évêchés. La lettre A fait connaître que le département est le siége d'un archevêché ; E, d'un évêché ; les numéros qui suivent immédiatement ces lettres sont ceux des départemens qui composent le *diocèse ;* un tiret — et un S à la suite d'un archevêché, indiquent, par les numéros subséquens, ses *évêchés* suffragans ; le même tiret et un A, à la suite d'un évêché, renvoient, au moyen des numéros y annexés, à l'archevêché dont cet évêché est suffragant ; enfin chaque numéro isolé renvoie au département où est le siége du diocèse dont fait partie le département sur la ligne duquel ce numéro se trouve placé ~~(1)~~.

Lorsque le siége de l'évêché n'est pas le même que le chef-lieu du département, le nom de la ville où se trouve l'évêché est inscrit dans la colonne. Ces indications un peu compliquées vont être rendues plus claires par des exemples :

1ʳᵉ *Question. On demande de quel diocèse est le département de la Creuse.* Je vois, par le nᵒ 84 placé dans la colonne des diocèses, qu'il fait partie de l'évêché de *Limoges*, qui se

---

~~(1) On n'a pas mis de numéro de renvoi au département du *Tarn-et-Garonne*, parce qu'il fait partie des trois diocèses d'*Agen*, de *Cahors* et de *Toulouse*.~~

* On a employé ce mot ici parce qu'il est dans l'ordonnance, mais il faudrait archevêchés.

Vienne

compose des départemens de la *Creuse* et de la *Haute-Marne*, et qui est suffragant de l'archevêché dont le siége est au chef-lieu du département n° 17, c'est-à-dire à *Bourges*.

2ᵉ *Question. On demande comment se compose l'archevêché de Lyon.* L'inspection du tableau m'indique 1° qu'outre le département du *Rhône*, n° 68, son diocèse se compose du département n° 41, qui est celui de la *Loire;* 2° que ses évêchés suffragans sont ceux qui ont leur siége dans les départemens nᵒˢ 20, 37, 38, 51 et 70, c'est-à-dire les diocèses de *Dijon* (Côte-d'Or), *Grenoble* (Isère), *Saint-Claude* (Jura), *Langres* (Haute-Marne), et *Autun* (Saône-et-Loire. (1)

21ᵉ. *Cours royales* auxquelles ressortit chaque département; il y en a 27. Les chefs-lieux des cours royales sont indiqués par les lettres C. R., ou par le nom de la ville, et les explications précédentes relatives aux nᵒˢ de renvoi s'appliquent également ici.

22ᵉ. *Nombre de tribunaux de commerce* qui existent dans chaque département. (Il y en a 212.)

---

(1) La composition des diocèses de *Belley*, *Aix*, *Marseille*, *Reims* *Châlons* et *Metz*, nécessite l'explication ci-après, parce que ces diocèses comprennent des arrondissemens de départemens limitrophes, qui ne peuvent être indiqués par la série générale de numéros que l'on a adoptés.

Le diocèse de *Belley* est composé du département de l'Ain et de l'arrondissement de Gex, qui était dans les limites du diocèse de Chambéry.

Le diocèse métropolitain d'*Aix* (avec le titre d'Arles et d'Embrun) se compose du département des Bouches-du-Rhône, moins l'arrondissement de Marseille, qui forme le diocèse de Marseille.

Le diocèse métropolitain de *Reims* se compose de l'arrondissement de Reims (Marne) et du département des Ardennes.

Le diocèse de *Châlons* se compose des arrondissemens de Châlons, Epernay Sainte-Menehould et Vitry-le-Français, du département de la Marne.

Le diocèse de *Metz* se compose du département de la Moselle, et des communes de Rouchlinge, Lissinge, Hendelinge, Zettinge et Didinge, qui appartenaient au diocèse de Trèves.

Je n'ai pas indiqué celui des tribunaux de première instance, parce qu'il est le même que celui des arrondissem^s communaux.

23e et 24e. *Gouvernemens* ou *divisions militaires* dont le dép^t dépend, au nombre de 21. La 1re colonne indique le n° de la division. Dans la 2e, l'abréviation Ch.-l. fait connaître le *chef-lieu* de la division, puisqu'il est le même que celui du département sur la ligne duquel se trouve cette indication ; ces lettres sont suivies du *numéro d'ordre* des départemens qui font partie de la même division, tandis que les numéros placés dans la ligne de ces derniers départemens renvoient au chef-lieu de la division. Si l'on veut savoir, par exemple, quel est le chef-lieu de la 8e division militaire, et quels sont les départemens qu'elle comprend, il faut chercher le n° 8, dans ceux des divisions ; le 1er qu'on trouve est sur la ligne du département des *Basses Alpes* ; le n° 12, placé à la colonne suivante, indique qu'on doit recourir au département des *Bouches-du-Rhône*, dont le chef-lieu est *Marseille*, qui est aussi celui de la 8e division militaire, laquelle comprend en outre les départem^s n°^s 4, 80 et 81, c'est-à-dire *le Var* et *Vaucluse*, avec les deux précédens.

25e et 26e. *Arrondissemens forestiers* dont le département dépend. Ils sont au nombre de vingt. Les explications que je viens de donner s'appliquent exactement à ces deux colonnes, elles doivent suffire, avec celles de la 20e colonne, pour ne laisser aucun embarras sur l'usage des numéros de renvoi qui pouvaient seuls fournir le moyen de présenter avec précision les renseignemens les plus nombreux et les plus complets qu'il soit possible de renfermer dans un cadre aussi resserré, aussi facile à consulter, et qu'on ne trouvera dans aucun des ouvrages publiés jusqu'à ce jour.

27e, 28e, 29e et 30e. Ces colonnes font connaître les contributions de chaque département et n'ont pas besoin d'explications, seulement il est bon de remarquer que j'ai cru inutile d'exprimer les *centimes* ; je les ai négligés, lorsqu'il y en avait moins de 50 ; j'ai ajouté 1 aux francs, lorsqu'il en avait 50 et au-dessus. Je n'y ai pas fait figurer les patentes, parce que cette contribution, variable de sa nature, n'est indiquée qu'en masse dans la loi.

Résumé du Tableau ou *Renseignemens généraux pour les 86 Départemens du Royaume.*

J'ai pensé qu'on serait bien aise de trouver ici, en quelques lignes, le *résumé du tableau des départemens*, et je me flatte qu'il paraîtra d'autant plus satisfaisant que je vais y ajouter, en ce qui concerne la *population*, le *contingent de l'armée* et le *budget*, quelques détails qui ne pouvaient figurer dans le tableau général :

Le nombre { d'arrondissemens communaux	est de {	362
de cantons................		2,847
de communes.............		39,591

La superficie du Royaume est (1), en {	hectares, de...	53,322,639
	arpens, de...	104,406,794

La population est de............................. 30,465,291

Les résultats moyens du mouvement de la population, pour tout le royaume, déduits de ceux des années 1817, 1818 et 1819, sont les suivans :

NAISSANCES.				DÉCÈS.		MARIAGES.
ENFANS LÉGITIMES.		ENFANS NATURELS.				
Mâles.	Femelles	Mâles.	Femelles	Mâles.	Femelles	
457,595	428,671	32,469	30,912			
Mâles... 490,064		Femelles 459,583		384,067	374,664	211,564
949,647				758,731		

(1) Toutes ces quantités ont été trouvées par l'addition des colonnes correspondantes du tableau ; les dernières équivalent à très-peu près à 27,000 lieues carrées.

(19)

Il est important de remarquer toutefois que les résultats de 1819 dépassent de beaucoup ceux des années précédentes, et qu'ainsi l'on peut évaluer maintenant les *naissances* à près de 1 *million*, et les *décès* à plus de 790 *mille*; l'*excédant* des naissances sur les décès est donc d'environ 200 *mille*.

Le contingent de l'armée est de.............. 40,000 ; c'est-à-dire 1 sur 761 de la population totale; d'ailleurs l'expérience a prouvé que près des trois cinquièmes des enfans parviennent à l'âge de 20 ans ; ainsi, en supposant qu'il naisse 500 mille enfans mâles chaque année, le nombre des hommes qui concourent au recrutement doit être d'environ 300 mille, de sorte qu'il n'y en a que 2 d'appelés sur 15, encore cette proportion est-elle réduite à environ 2 sur 17, par la disposition de la loi qui admet en déduction du contingent les *étudians ecclésiastiques*, *les jeunes gens qui se consacrent à l'instruction publique*, *les inscrits maritimes*, *les enrôlés volontaires et quelques autres.*

Le budget général des revenus de l'État, pour l'exercice 1821, fixé par la loi du 31 Juillet, présente les résultats suivans :

Contribution foncière....................	230,224,950 f.
Contribution personnelle et mobiliaire...	40,741,530
Contribution des portes et fenêtres......	20,499,945
Patentes.................................	19,987,600
Centimes de perception..................	15,545,975
Total des quatre contributions directes.	327,000,000
Enregistrement, timbre, domaine, coupe de bois et douanes......................	300,300,000
Contributions indirectes................	193,025,000
Postes..................................	24,310,000
Loteries................................	15,000,000
Produits divers.........................	29,386,745
Total général.............	889,021,745 f.

TABLEAU comparatif des six principaux Départemens du Royaume.

NOMS des DÉPARTEMENS.	PRODUITS BRUTS DES CONTRIBUTIONS ET AUTRES REVENUS PUBLICS PENDANT L'ANNÉE 1820.										POPULATION.
	CONTRIBUTIONS DIRECTES.				TOTAL du montant des rôles. (b)	CONTRIBUTIONS INDIRECTES.				TOTAL GÉNÉRAL des produits. (c)	
	EN PRINCIPAL SEULEMENT.					Enregistrem^t	Douanes.	Boissons et tabacs.	Loterie.		
	Foncières.	Personnelles et mobilières.	Portes et fenêtres.	Patentes.							
Bouches-du-Rhône	1 520 971 (33e)	577 916 (5e)	429 907 (3e)	417 162 (6e)	4 614 776 (28e)	2 537 438 (13e)	14 904 840 (3e)	3 825 143 (10e)	1 534 022 (6e)	28 311 466 (5e)	303 614 (66e)
Gironde	2 890 717 (14e)	680 100 (4e)	419 400 (5e)	739 036 (3e)	7 597 174 (4e)	3 285 757 (7e)	19 216 682 (2e)	4 539 296 (7e)	2 158 074 (4e)	37 938 427 (3e)	522 041 (9e)
Nord	4 084 396 (3e)	718 188 (3e)	419 487 (4e)	558 816 (4e)	9 744 673 (3e)	4 685 473 (3e)	8 464 027 (5e)	8 802 930 (2e)	3 392 704 (2e)	37 314 605 (4e)	903 764 (1er)
Rhône	2 100 000 (28e)	559 000 (7e)	301 900 (8e)	549 184 (5e)	5 588 382 (16e)	3 300 090 (6e)	7 186 497 (6e)	5 708 411 (5e)	2 904 449 (3e)	25 614 680 (6e)	391 580 (27e)
Seine	8 856 134 (1er)	4 177 400 (1er)	1 279 900 (1er)	4 143 614 (1er)	27 953 392 (1er)	20 382 664 (1er)	3 737 906 (8e)	27 159 387 (1er)	28 405 582 (1er)	114 727 902 (1er)	821 706 (2e)
Seine-Inférieure (a)	5 098 842	1 095 400	538 300	812 170	11 882 457	5 809 508	25 641 903	7 595 885	1 107 616	54 148 679	635 804 (1er)
Rang qu'occupe, sous divers rapports, le dépt de la Seine-Inférieure.	2e.	2e.	2e.	2e.	2e.	2e.	1er.	3e.	8e.	2e.	3e.

OBSERVATIONS.

Lorsque le décret du 11 juin 1810 a formé quatre classes de départemens, le rang qui a été assigné à chacun a été déterminé surtout par l'importance de la ville chef-lieu, et telle de Rouen était alors loin de la prospérité dont elle jouit aujourd'hui; de sorte que, Paris étant resté hors ligne, les départemens de 1re classe sont les *Bouches-du-Rhône*, la *Gironde* et le *Rhône*; ceux de 2e, la *Loire-Inférieure*, le *Nord*, le *Bas-Rhin* et la *Seine-Inférieure*, auxquels une ordonnance royale a ajouté le département de *Seine-et-Oise*. Tous les autres départemens sont de 3e ou de 4e classe.

Nous avons compris dans ce tableau les six départemens qui, considérés sous tous les rapports en masse, et particulièrement sous celui du *total général des produits*, sont les principaux du royaume, quoique, si l'on examine les détails, quelques autres occupent un rang plus élevé, comme on peut le voir par les chiffres placés en parenthèses au-dessous de chaque produit pour indiquer le rang qu'il assigne au département, sous ce rapport, non-seulement parmi ceux que nous présentons, mais parmi tous les autres.

(a) Si l'on considère le nombre de *députés à élire*, le dépt de la *Seine-Inférieure* est en 3e ligne; il en nomme 10; le Nord et la Seine, chacun 12. — C'est sous le rapport seulement de l'étendue territoriale que la comparaison ne lui est pas avantageuse, puisqu'il n'est guère que le 50e; le département du Nord est à-peu-près au même rang; la Seine et le Rhône sont les plus petits du royaume; la Gironde est au contraire le plus grand; la Seine-Inférieure est celui qui a le plus de communes. On remarquera sans doute avec satisfaction que ce département, qui compte plusieurs villes considérables dont la nombreuse population se compose en grande partie d'ouvriers, ne soit que le 8e du royaume quant aux produits de la loterie, tandis qu'il est le 2e sous presque tous les autres rapports; c'est de la part du peuple la preuve d'un esprit d'ordre et de sagesse assez rare ailleurs. — Quant à la ville de Rouen, son commerce, son industrie et sa richesse peuvent la mettre sur la ligne des premières villes de France; elle occupe le 5e rang par sa population.

(b et c) Il est bon de faire observer que ces deux colonnes de *totaux* présentent des sommes plus fortes que celles qu'on trouverait par l'addition des colonnes précédentes; la raison en est qu'on a omis les *centimes additionnels, divers produits indirects et quelques* autres très détaillés peu utiles à l'objet de ce tableau, mais que nous allons faire connaître en ce qui concerne le dépt de la Seine-Inférieure, toujours pour l'année 1820. Les centimes additionnels de toute nature, les fonds de réimposition et les frais de perception se montent à 4,335,745f; les postes ont rendu 921,961f; les coupes de bois 1,051,378f; les produits divers 835,680f. Le tout est compris dans le *produit brut* de . . . . 54,148,679f dont il faut retrancher les frais de prélèvemens de toute nature, montant à 5,701,552 pour avoir le *produit net* qui est donc de 48,447,127

TABLEAU STATISTIQUE des 86 Départemens de la France, *par ordre alphabétique.*

DÉPARTEMENS	RÉGION	POSITION	ANCIENNE PROVINCE dont ils font partie.	NOMBRE d'arrondissemens		SÉNÉS	NOMBRE DE DÉPUTÉS	NOMBRE de Cantons	Communes	SUPERFICIE Hectares	Arpents	CHEFS-LIEUX	Distance de Paris en kilomètres	lieues	POPULATION du Département	Chef-lieu	Conscrits de l'Année	ARCHEVÊCHÉS ou ÉVÊCHÉS auxquels ressortit chaque Dépt, et Circonscription de chaque Diocèse.	COURS ROYALES auxquelles ressortit chaque département, et Circonscription de chaque Cour.	Nombre de Trib. de Commerce	No.	GOUVERNEMENS ou DIVISIONS MILITAIRES, Indication des Chef-lieu et Circonscription.	No.	ARRONDISSEMENS FORESTIERS, Indication des Chef-lieu et Circonscription.	CONTRIBUTIONS DE 1821, EN PRINCIPAL ET CENTIMES ADDITIONNELS, réglées par la loi du 31 juillet. Foncières.	Personnelles et Mobilières.	Portes et Fenêtres.	TOTAL.	Numéros d'ordre.
2	3	4	5	6	7	8	9	10	11	12	13	14	15	16	17	18	19	20	21	22	23	24	25	26	27	28	29	30	31

www.ingramcontent.com/pod-product-compliance
Ingram Content Group UK Ltd.
Pitfield, Milton Keynes, MK11 3LW, UK
UKHW020909140726
13695UKWH00006B/2418